AHAHAHAHAHA

He he he he he.

Heh ...

Bei der kleinsten Berührung wäre ich augenblicklich ...

... vernichtet worden und zu Staub zerfallen.

Ja ...

Ah.

So mächtig war sie.

Aus dir mache ich einen wahren König der Untoten!

End!

Und dann wirst du diejenigen, die sich meiner Magie in den Weg stellen, diese einfältigen Gotteskrieger, auf ihren Platz verweisen!!

Dass du ihre Kraft derart stark spürst, beweist, wie tief der Abgrund in dir ist!

Untote sind die Schatten, die das Licht wirft.

Sie in diesem Ausmaß bereits als Ghoul zu verspüren, ist außerordentlich ...!

Wahrlich!!

Du bist als Machtgefährt des Königs der Untoten würdig!

Er hat recht.

Der Lord hat gesagt, wir dürfen keine Zeit verlieren.

Auch ich ...

... muss mich beeilen.

... wird ganz sicher funktionieren.

Mein Plan ...

Und jeder, der sich meinem Seelenfrieden in den Weg stellt ...

... soll sterben.

... dieser Horos Kamen.

Ritter 1. Ranges
Epe, der »Auslöscher«

Aber der
»Irrweg-Zauber« ist zu
stark. Es ist
unmöglich.

Es besteht
kein Zweifel,
dass er sich
im Wald versteckt ...

Der
2. Rang
hat gute
Arbeit geleistet.

Mit
herkömmlichen Mitteln
dauert es
zu lange.

Tse.

Wir
kommen
einfach
nicht
durch.

Dacht
ich's
mir!

Er lässt
sich nicht
so einfach
aufspüren
...

Ritter 3. Ranges
Nevila

Ritter 3. Ranges
Lefrey

Pff.

Das weiß ich!

Wir müssen einen kühlen Kopf bewahren, Nevila.

Vermutlich ...

Zweifellos beherrscht er andere Arten von Magie genauso erstklassig wie die Nekromantie.

... ist er aufgrund seiner schieren Kampferfahrung stärker als jeder Ritter 2. Ranges ...

Ritter 3. Ranges
Adrian

Ritterin 3. Ranges
Thelma

»Irrweg«
...

Immer wieder hat er es geschafft, mir zu entwischen.

Er ist gefährlich.

Hm.

Ein starker Barrierezauber, der jeden innerhalb eines bestimmten Bereichs dazu bringt, sich zu verirren, ohne es zu merken.

Er muss unbedingt vernichtet werden ...

Selbst mit einem Frontalangriff schwierig zu durchstoßen.

Wenn man sich den Weg aber von einem Kundigen weisen lässt ...

Ritterin 2. Ranges
Senri

... bevor er zum Magier 1. Klasse wird.

... wirkt der Zauber wohl nicht mehr. Das ist die Schwachstelle ...

Glaubst du, dass du ihn zusammen mit Lefrey und seinen Leuten ...

... zur Strecke bringen kannst?

Ich übertrage dir die Verantwortung für diese Mission, so wie es geplant war.

Senri!

Ha.

Du bist zwar noch jung, aber deine Kräfte sind jetzt schon fast auf dem Niveau des 1. Ranges.

Du wirst es schaffen, Senri.

Besonders die Kraft deiner »Segnung« ist, verglichen mit der aller Rittergenerationen vor dir, außergewöhnlich.

Ja, Meister ...

Von Geburt an gesegnet von den allschaffenden Göttern ...

Senri Sylvies

Eine Schwertkämpferin des Lichts ...

Eine edle Seele ...

...

11

... werden ihre Kräfte selbst meine übertreffen.

Wenn sie genug Erfahrung gesammelt hat....

Es war ihr wahrlich vorbestimmt, eine Ritterin des Ordens des Untergangs zu werden.

... wurde ihr in einer nie dagewesenen Stärke und Strahlkraft mit in die Wiege gelegt.

Die »Segnung«, also die Fähigkeit, die Dunkelheit zu vertreiben, die wir nur durch hartes Training und Konzentration verbessern können ...

Ich ...

Aber so weit bin ich noch nicht!

Was ...?!

Dein Mangel an Körperkraft ist kein Problem.

... zur Ritterin 1. Ranges zu ernennen.

... habe vor, Senri nach Horos' Ergreifung ...

... Gutmütigkeit.

Sonst nichts ...

Was mir Sorgen bereitet, ist einzig und allein ...

... deine ...

Und die Stärke deiner »Segnung« steht außer Frage.

Deine Art, mit dem Schwert umzugehen, zeugt von natürlichem Talent. Im Nu wirst du es sogar mit mir aufnehmen können.

Es sind nun schon fünf Tage vergangen ...

Senri.

KLOPF

KLOPF

Mit deiner »Segnung« bist du dazu doch in der Lage, oder nicht?

Wir sollten diesen Barrierezauber mitsamt dem Wald einfach wegblasen.

...

Bei der Aktion wird es unvermeidlich Opfer geben.

Aber das ist eher zu verschmerzen als der Schaden, den ein Nekromant 2. Klasse anrichten kann.

Das ist nur unser allerletztes Mittel.

Wenn wir den Wald aufmischen, werden ganze Horden verwunschener Bestien fliehen und möglicherweise die Stadt überfallen.

Wie oft soll ich es noch sagen?

Das ist genau der Punkt, den der Meister mit »Gutmütigkeit« meint.

Wenn im Zuge einer Ergreifung viele menschliche Opfer zu erwarten sind, ist das nur nebensächlich.

Die Aufgabe des Ritterlichen Ordens des Untergangs ist es, die Dunkelheit auszurotten.

Alles andere kommt erst an zweiter Stelle.

Damit muss man seinen Frieden machen, wenn man im Kampf bestehen will.

Das stimmt ...

Ich weiß, dass er recht hat.

... um den Schwachen zu helfen.

Ich bin dem Ritterlichen Orden des Untergangs beigetreten ...

Und doch ...

... existiert nicht mehr.

... aufgezehrt und ans Bett gefesselt wurde ...

... kleine Mädchen von damals, das von dieser viel zu starken Kraft ...

Das ...

... ist stark genug, um zu kämpfen.

Mein heutiges Ich ...

... habe ich das Sagen.

Die Suche wird fortgesetzt.

KLING

Tse.

Bei dieser Mission ...

Aber ...

... während wir unsere Zeit mit Suchen vergeuden, wird dieser Kerl alles daran setzen, seine Kräfte zu bündeln.

Auf diese Weise werden wir irgendwann jemanden finden, der weiß, wo sein Versteck ist.

... aber deine Mitstreiterinnen und Mitstreiter wird es das Leben kosten!

Du kommst vielleicht unverletzt davon ...

KRAMPF

...

Noch drei Tage.

Wenn wir bis dahin nichts herausgefunden haben ...

... reißen wir den Wald nieder.

Die Vorbereitungen dafür laufen parallel zur Suche.

Wir müssen für das, was nach dem Angriff auf uns zukommt, Vorkehrungen treffen und überlegen, auf welches Gebiet wir uns konzentrieren sollen.

Verstanden!

PATT

KLACK

BATAMM

KLOPF
KLOPF

Fräulein Senri Sylvies! Sind Sie da?

Es ist Post für Sie gekommen.

Für mich ...?

Hmm.

Mein Ziel ist es nicht ...

... stark zu sein.

BATAMM

Ich habe alles getan ...

... was in meiner Macht stand.

Der Lord und ...

... dieses Mädchen Senri.

... ist ungewiss.

Der Ausgang ...

... der Ritterliche Orden des Untergangs.

Der Nekromant und ...

Für welche
Seite soll
ich Partei
ergreifen?

Und
dass wir
noch Zeit
hätten.

HEPP

HOPP

Aber
...

... er irrt
sich.

Der Lord
sagte, es
sei noch
nichts
verloren.

H
e
p
p.

TACK

TACK

TACK

TACK

Warum
wirkt der
»Irrweg-
Zauber«
nicht?

Ver-
dammt
...

Sie
sind zu
schnell ...!
Sie sind viel
zu schnell
...!

TACK

... keine
Zeit
mehr!

TACK

Er
hat
...

Hack

Gesamtansicht;
Körpergröße ca.
145-150 cm

Kapitel 8

Es ist wohl doch keine ...

...Falle!

RASCHEL

Ich hätte einiges darauf gewettet, dass er uns auflauert.

Der Barrierezauber wirkt nicht.

Das kann nur bedeuten, dass wir einen Helfer haben.

UMKLAMMER

Das bedeutet ...

... im Palast des Nekromanten ...

... muss es jemanden geben, der auf unserer Seite ist.

Der »Irrweg-Zauber« wirkt nicht, wenn ein Kundiger den Weg weist ...

Seit wann musst du dir um uns Sorgen machen, Senri?

Wir halten dir den Rücken frei. Schwing du nur dein Schwert wie immer!

Der Feind hat Macht über ganze Horden von Untoten.

Seid vorsichtig!

RUSH

RAUN

RAUN

Sie sind ganz in der Nähe.

Ich frage mich, ob sie angesichts dieser Macht ...

...

... noch immer eine Chance haben zu siegen.

Ich werde euch die Wunder meiner Nekromantie schon zeigen!

Kommt nur!

Hm.

Wenigstens scheint es nicht der Auslöscher zu sein ...

... wird er mich ewig verfolgen, sollte ich heimlich fliehen. Er wird mich nicht in Ruhe lassen.

Denn solange dieser Mann am Leben ist ...

... muss um jeden Preis sterben.

Der Lord ...

...

Ich habe sie zuvor bereits benutzt ...

... und glaube, dass es sich um keine normale Waffe handelt.

Nein ...

Die wird wohl nicht notwendig sein.

... habe ich überhaupt nicht vor zu kämpfen.

Denn ehrlich gesagt ...

Gut möglich, dass sie verflucht ist.

... sollte ich darauf achten, keinerlei negative Aura abzugeben, damit der Ritterliche Orden des Untergangs mich nicht als Feind sieht.

Ab jetzt ...

... habe ich mir lange und gut überlegt.

Und wann das zum Einsatz kommt ...

Ich habe ein Ass im Ärmel.

... mein alter Name, den ich zu Lebzeiten hatte.

...ist ...

Dieses Ass ...

Deshalb hat der Lord, als er mich wiedererweckt hat ...

... mir als Erstes den Namen »End« gegeben. Eigentlich hätten all meine Erinnerungen gelöscht sein müssen.

... und schließen mit der Seele einen Vertrag.

Mit dem Namen binden sie das Individuum an sich ...

Jemandem einen Namen zu geben, ist für Magier ein äußerst wichtiges Ritual.

»End« ist nicht mein Name.

Ich wusste ganz genau, dass ich mehr als zehn Jahre lang anders gerufen worden war.

Doch ich erinnerte mich an meinen alten Namen.

Bis dahin würde ich sein Spielchen mitspielen.

Irgendwann, im tödlichsten Moment, würde ich den Lord hintergehen.

Und deshalb haben die Befehle, die er End erteilt ...

... auch keinerlei Wirkung auf mich.

Doch nun ist der Zeitpunkt gekommen.

Mit Senri habe ich alles auf eine Karte gesetzt.

Sollte sie verlieren ...

... werde ich erneut zum Gefangenen des Lords.

Und eine zweite Chance, meine Freiheit zu erlangen, wird es wohl nicht geben.

Ich habe Senri einen Brief geschrieben.

Derjenige, der das Versteck preisgegeben hat ...

... war ich.

... alles, was ich jetzt noch tun kann, ist beten.

Doch ...

SWOOSH

»Freilassung der Seelen - **Licht der Befrei- ung**«

TSCHIIIIIIING

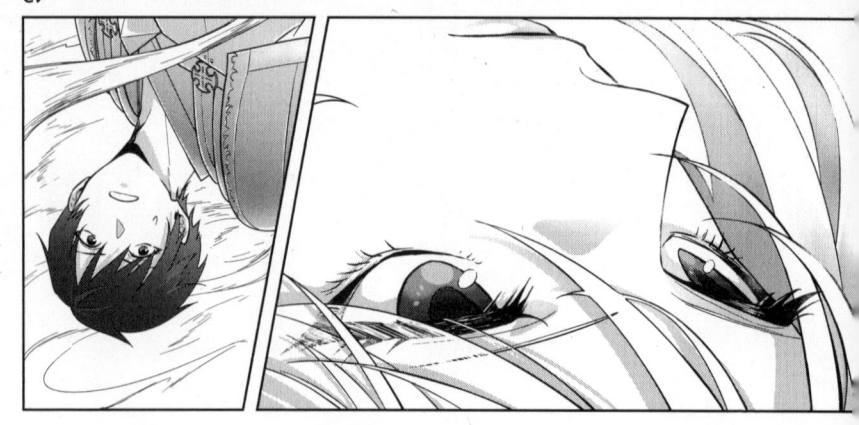

...

SWIRL

さ

あ

Das kann nur eine Ritterin 2. Ranges!

So viele Untote hast du noch nie auf einen Schlag von ihrer bösen Seele befreit ...

WOW.

Ich hielt es für besser, unsere Kräfte nicht zu verschwenden.

... kommt unser Angriff völlig unerwartet.

Für Horos ...

Lasst ihn uns fertigmachen, bevor er sich wieder sammelt.

Alles in Ordnung.

Ich habe noch genug Energie.

Es hat mich nicht einmal ein Zehntel meiner Kraft gekostet.

Vor fünfzig Jahren wurde ich als Nekromant 2. Klasse eingestuft.

Mit seiner Geburt ...

Die größte Begierde eines Nekromanten ...

ZZZT

... werde ich offiziell zu einem der stärksten Wesen auf dieser Welt.

... ist der König der Untoten.

KRATZ

Dass mir jemand, der so talentiert ist wie End, in die Hände gefallen ist ...

... war wirklich pures Glück.

Ich werde zu einem Nekromant 1. Klasse.

... wird das Ritual zur Transformation in einen Ghoul sicher glücken.

... und seiner Intelligenz ...

Mit seinen Fähigkeiten ...

Dies ist also die letzte Prüfung ...

Ich benötige deine Hilfe!

Lu.

Ich hab doch gesagt, du sollst deine Kraft nicht vergeuden!!

Senri!!

HAH

HAH

HAH

SCHEPPER

Die Wahrscheinlichkeit, dass ein vorsichtiger Nekromant 1. Klasse so gefährliche Kreaturen wie Vampire einsetzt, dürfte ziemlich gering sein.

Das ...

... glaube ich ...

... nicht.

... denk doch dran, was Meister Epe bezüglich des Nekromanten gesagt hat!

Was, wenn er Vampire auf uns hetzt?!

Aber ...

Tse.

Alle ...

... erledigt.

Das war ... der letzte ... Skelettritter.

Danke, Senri.

... sollten wir den Rückzug antreten.

Aber ...

... falls doch Vampire auftauchen ...

Das sollte doch nur ein Scherz sein, Senri.

Warum musst du immer alles so wörtlich nehmen ...?

Niedere Vampire wären allerdings durchaus möglich ...

Urgh ...

Sie haben viele Schwachstellen ...

... entwickeln nach der Verwandlung aber außergewöhnliche, neue Fähigkeiten.

»Vampire« sind eine besondere Art von Untoten.

...

Doch das, wodurch sie sich wirklich grundlegend von anderen Untoten unterscheiden ...

Außerdem verfügen sie über eine übermenschliche Intelligenz.

... besitzen sie unglaubliche Regenerationskräfte. Sie können sich selbst dann wieder vollständig regenerieren, wenn sie nur noch aus Knochen bestehen.

Neben ihrer enormen Körperkraft ...

... wird kein kluger Nekromant Untote in Vampire verwandeln.

Und deshalb ...

... ist ihre hohe Widerstandsfähigkeit gegenüber Magie.

Wenn er Vampire in petto hätte, hätte er sie bereits zum Gegenschlag auf uns losgeschickt.

... so weit wird es dieses Mal nicht kommen.

Aber ...

... wird einstweiliger Rückzug und das überdenken der Strategie empfohlen.

Sollte auch nur einer während des Kampfes gegen einen Nekromanten auftauchen ...

Vampire sind Monster, die Ritter des 3. Ranges mit Leichtigkeit im Alleingang töten können.

... dass wir vorankommen.

Wir sollten sehen ...

Wie dem auch sei.

ペ
TAPP

ペ
TAPP

... von
damals ...

... hm

Das
ist das
Mäd-
chen ...

Mein Zuhau-se gibt es nicht mehr.

Und die Gesichter meiner El-tern habe ich nie gekannt.

Seit ich denken kann ...

... war ich immer nur muttersee-lenallein und eine Sklavin.

... Für ein Leben führe ich eigentlich?

Wenn ich zurück-denke ...

... habe ich mein ganzes Leben in Dunkelheit verbracht.

... Was

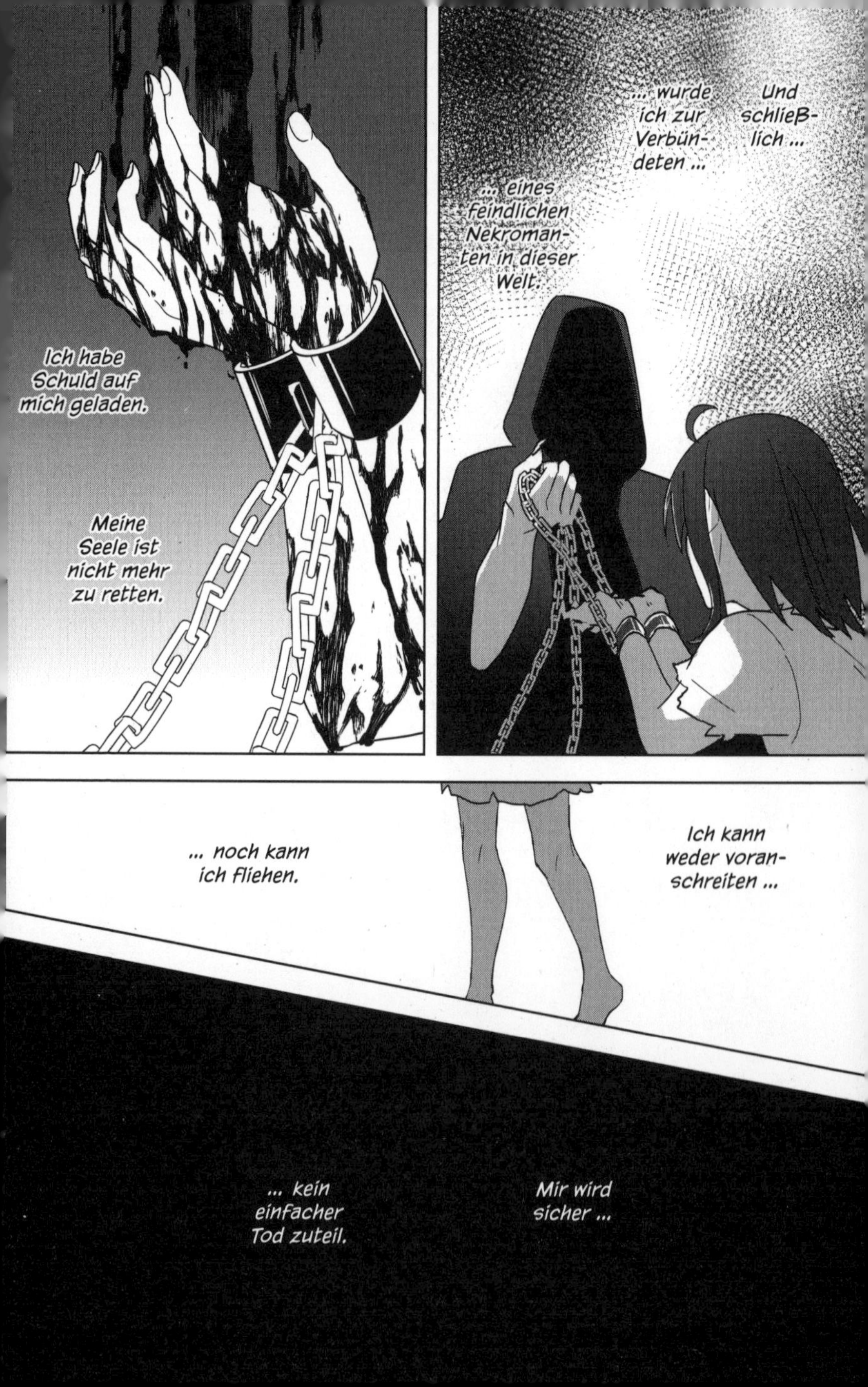

Ich habe Schuld auf mich geladen.

Meine Seele ist nicht mehr zu retten.

...wurde ich zur Verbündeten...

Und schließlich ...

...eines feindlichen Nekromanten in dieser Welt.

... noch kann ich fliehen.

Ich kann weder voranschreiten ...

... kein einfacher Tod zuteil.

Mir wird sicher ...

FWUPP

Ohhh ...

Welch ...

... wunder-
schönes
Licht!

... betest.

Danke.

Danke,
dass du
für mich
...

Sie-ist-so
hübsch.

So freundlich
erlebe ich
diese Welt ...

... zum ersten Mal ...

Senri!

Das solltest du eigentlich wissen.

Auch wenn sie eine Sklavin ist, kann man nie wissen, was sie im Schilde führt.

Thelma hat recht.

Ich stimme zu ...

Erinnere dich an die Geschichten von Rittern, die aufgefressen wurden, nachdem der Sklave, dem sie geholfen hatten, sich in ein Monster verwandelt hat.

... trotzdem bin ich nicht gerade begeistert, dass du eine Gehilfin des Nekromanten so nah an dich rankommen lassen.

Ich verstehe zwar dein Mitleid mit ihr ...

Wenn wir Horos zu Fall gebracht haben ...

... werde ich ihr ein Grab errichten.

TSCHING

Gehen wir!

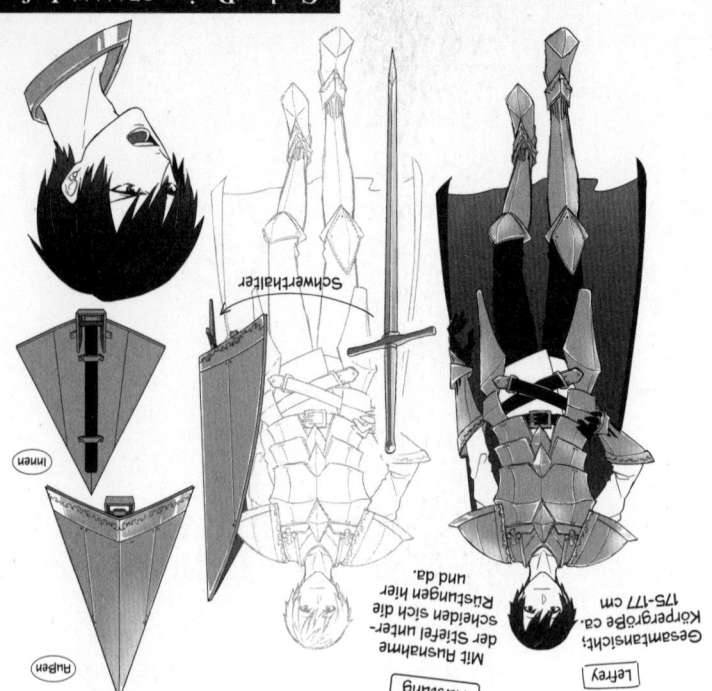

Schwerthalter

Innen

Außen

Lefrey

Gesamtansicht:
Körpergröße ca.
175-177 cm

Rüstung

Mit Ausnahme
der Stiefel unter-
scheiden sich die
Rüstungen hier
und da.

Kapitel 9

Endlich ...

Da seid ihr nun ...

... Ritter des Untergangs!

Horos Kamen ...

Mein Name ist Senri Sylvies und ...

Ich gehöre dem Ritterlichen Orden des Untergangs an.

Ihr habt meine Abwehrlinie durchbrochen und es tatsächlich bis hierher geschafft.

Vor euch sollte man sich wahrlich fürchten!

... ich werde dich tö-ten!

TSCHING

Hm ...

Hrm!

... hat Lu ihre Aufgabe mehr schlecht als recht erfüllt.

Offen-bar ...

Jeder, der sich meinem Begehr in den Weg stellt ...

Dies ...

... ist die Unter-welt.

Meine Magie ist bereits voll-endet.

Wie dem auch sei!

... be-kommt die Macht des Todes zu spü-ren!

DODOMM

ウ

ッ

Sind das ...

... Stoßzähne?

Wie kann das sein?! Er hatte doch nur zwei Stoßzähne ...!

FWSSH

Was zur ...?!

FWSSH

Das ist unmöglich!

Un-
mög-
lich
...!

QUALM
QUALM
QUALM

Diese
Kraft
...

QUALM

FUUSSSH

TOCK

Hrm
...?!

SHAAA

Hat er sie dir verliehen ...?!
...
SWISH
Es ist weder Rache für jenes Mädchen ...
Es tut mir leid ...
... aber du wirst sterben!
... noch ist es Zorn, was mich antreibt.
Ich ...
... Senri Sylvies, Ritterin des Untergangs, handle nach dem mir aufgetragenen ...
Du!
Bist du etwa ...
... eine Ritterin 1. Ranges ...?!
Hiernach werde ich es sein!
... göttlichen Befehl.

Dieser Kampf könnte in die Geschichte eingehen.

Es besteht kein Zweifel ...

Senri.

... von einem jungen Mädchen.

Er wird ausgetragen ...

Ich bin der Schwächste von allen.

Mit den Rittern des Untergangs als Feind sind meine Überlebenschancen immer noch höher ...

... als wenn ich es mit dem Lord aufnehmen müsste.

Vielleicht war dieser Zug ein wenig feige von mir ...

... aber ich hatte keine andere Wahl.

Ich habe alles getan, was ich konnte, damit sie gewinnt.

Mein Schicksal steht und fällt mit ihr.

Du stellst dich mir also noch immer in den Weg ...!

Epe, der Auslöscher.

Dieser alte, senile Narr!

Hah.

Hah.

... ob Senri und ihre Kameraden dagegen bestehen können ...

Ich frage mich ...

Darauf läuft es also hinaus ...

79

HOROS
Kamen.

... der
Schicksals-
gegner mei-
nes Meisters
...

Seit geraum-
mer Zeit
ist er ...

GRROOAAAR

Warum nur hat er uns dieses Mal mit der Ergreifung betraut?

... mir lange den Kopf darüber zerbrochen.

Pass auf!

Ich habe ...

Senri!

Doch ich glaube, der alternde Held ...

... die Kraft dazu hätte er selbst auch noch gehabt.

Denn ...

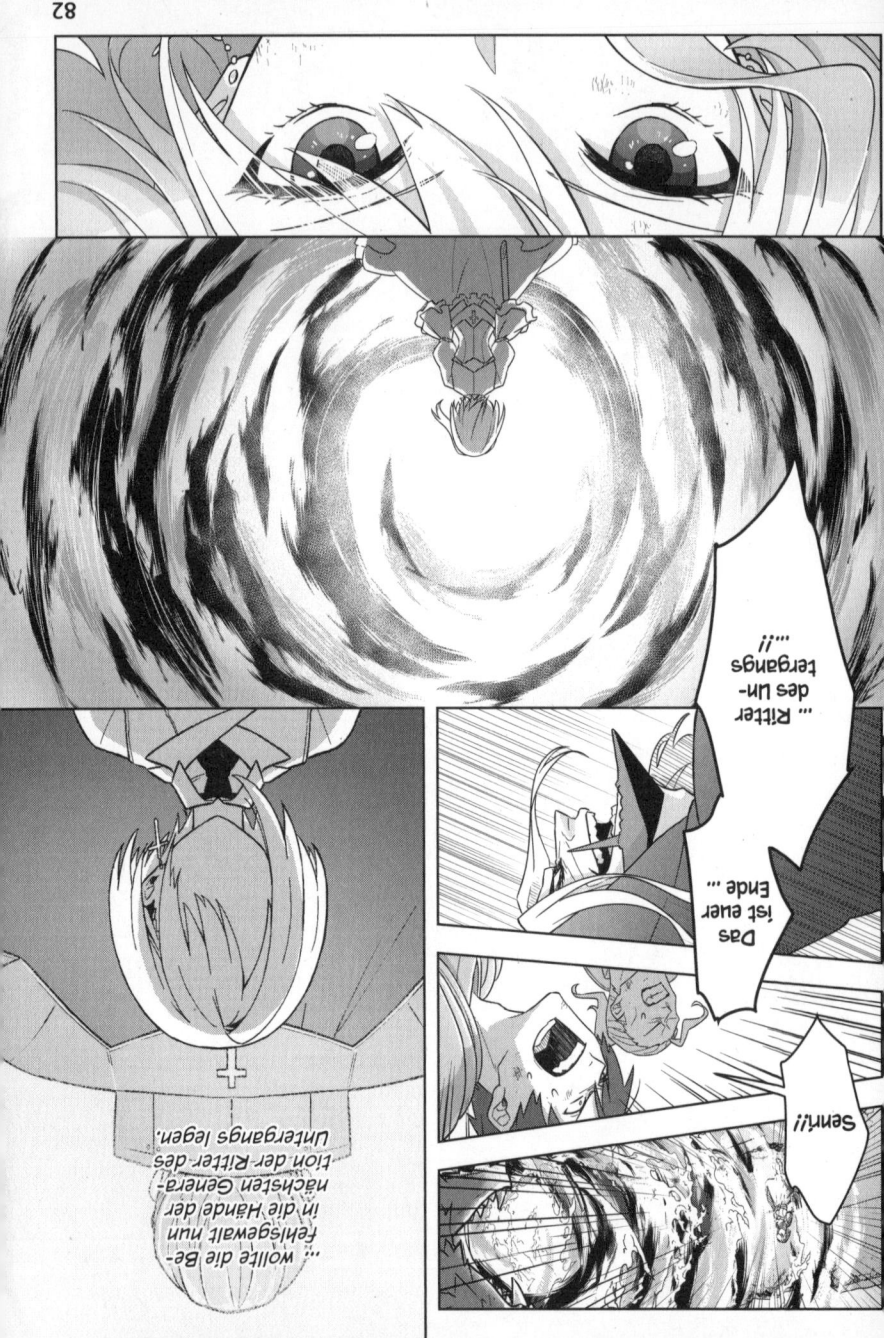

Hah.

Hah.

Hah.

WHOOSH

Woher
...

Das ist
unmög-
lich ...

KLONK

Wie
ärger-
lich!

Es
ist
aus
...

Hah.

Hah.

... für
dich!

... hast
du diese
enorme
Stärke
...?

88

Hätte er
jemanden an
seiner Seite
gehabt ...

... wäre dieser
Kampf sicher
anders aus-
gegangen.

Das Z2üng-
lein an der
Waage war
das Fehlen
von Ver-
bündeten.

... bin
ich!

Der Über-
lebende ...

Doch ich will mir über ihn kein Urteil erlauben.

Dennoch hat er verloren.

Der Lord ...

... und fest an sich geglaubt.

... hat all seine Macht eingesetzt ...

Er war mein Feind ...

... aber ich stehe auch in seiner Schuld.

Doch ...

Ich muss zusehen, dass ich von hier verschwinde, bevor die Ritter des Untergangs zurückkommen.

Jetzt ist nicht die Zeit, über Vergangenes zu sinnieren.

Nun gut ...

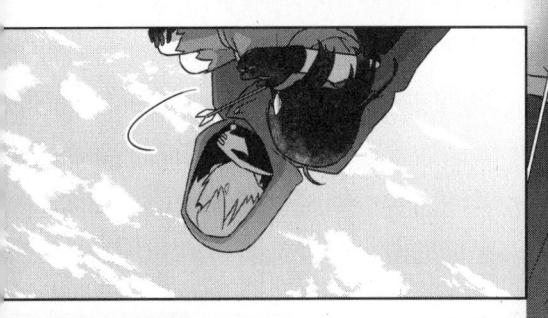

Ich werde ein Grab für dich errichten ...

Ich halte mein Versprechen.

... und für deinen Seelenfrieden beten.

Siehst du? Es war doch gut, diese Abmachung mit mir einzugehen, oder?

Oh.

Nun denn ...

SUCH   SUCH

ZZT

ZZT

KLACK

Au au au!

ZISCH

Du ...

... hast es auf jeden Fall besser als der Lord ...

... denn dir errichtet man ein Grab.

... doch ich erinnere mich nicht daran.

Ich bin zwar schon einmal beerdigt worden ...

Ent-schuldige bitte.

Ich weiß nicht, wie eine richtige Beerdigung abläuft ...

KNIRSCH

KNIRSCH

Aber
...

... das hat
der Lord sich
selbst zuzu-
schreiben.

Ah!

Hmmmm?

Der Stein
sieht so
trostlos
aus, wenn
da nur ihr
Vorname
steht ...

Au au
au au
au!

ZISCH

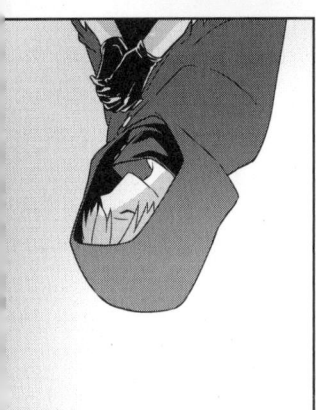

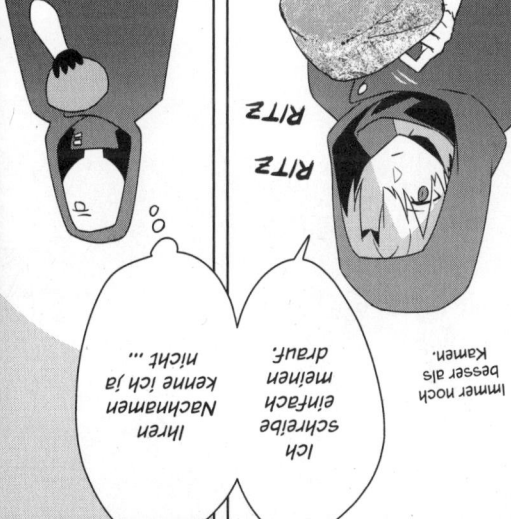

Thelma

Gesamtan-
sicht; sie ist
etwas größer
als Senri

Kleidung

Keine Rüschenärmel.
Bis auf den schwarzen
Köcher rechts trägt sie
die gleiche Kleidung und
Rüstung wie Senri.

Kapitel 10

Mir war bewusst, dass sie zurück-kommen würden, um aufzu-räumen ...

Der Kampf ist erst einen halben Tag her ...!

Wieso
...

... sind sie schon hier?

Denk nach ...!
Denk nach ...!!

SCHOCK

Du ...

... aber ich dachte, ich hätte mindestens eine Nacht Zeit ...!

... ist noch stärker geworden, seit wir uns das letzte Mal begegnet sind.

Aber ihre positive Aura ...

Wenigstens ...

... sind ihre Kameraden nicht bei ihr.

Das ist schon mal gut.

Außerdem ...

... übernatürliches Wesen.

Sie ist ein wahrhaft ...

Der Schluss liegt nahe, dass sie denjenigen, der Lu damals begleitet hat, ebenfalls als Feind ansehen.

Ich gehe jede Wette ein, dass Lu durch die Hand der Ritter des Untergangs getötet wurde.

WEGDREH

... hat sie mich mit Lu in der Stadt gesehen.

BLICK

!

Was mach ich nur ...?

...

Als ich sie in der Stadt gesehen habe ...

ZZZZ

... ist ...

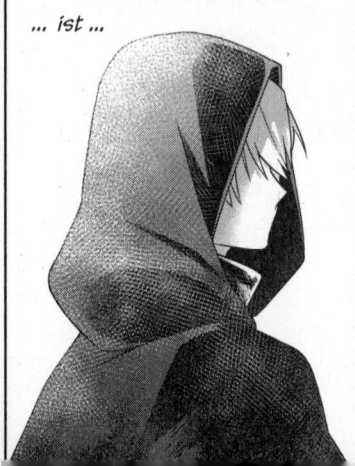

Das, was ihren Kameraden fehlt ...

... was Senri aber besitzt ...

... fiel mir auf, dass an ihr etwas anders ist als an den anderen Rittern.

SCHRECK

... Gnade.

Ich habe dafür gebetet ...

... dass sie in Frieden ruhen kann.

... hat Lu mich gebeten, ihr ein Grab zu errichten.

Vor ihrem Tod ...

Ach so ...

...

...

Warum bist du hier?

Ähm ...

Wie heißt du noch mal ...?

Senri ...?

Ich wollte sie in der Stadt begraben.

Ich bin hier ...

... um ihre Leiche mitzunehmen.

...

War sie ...

... eine Freundin?

SST

!

... hätte ich mir diese Mühe gar nicht machen müssen!

Ach so ...

Dann ...

... dass ich ...

... die Erinnerung an mein früheres Leben nicht verloren habe.

Eh ...?

Einer Laune des Schicksals ist es zu verdanken ...

Von dem Wunder, wie ich nach einem leidvollen, hoffnungslosen und kurzen Leben ...

... erzähle ich dir alles!

Wenn du möchtest ...

... durch den Wunsch, wieder lebendig zu sein, erwacht bin.

Die Geschichte des bedauernswerten »End« ...

... war nichts, was ich geplant hatte.

Meine Auferstehung als Untoter ...

... war mir schon das größte Glück.

Das allein ...

... und frei im Wald herumlaufen.

Ich konnte wieder gehen ...

Trotzdem ...

... war ich froh darüber.

... einen Untoten, der keine Menschen angreift ...

... unterscheidet eigentlich ...

Was, frage ich mich ...

... von einem richtigen Menschen?

Horos Kamen war dabei, ein furchtbares Ritual durchzuführen.

Ich befürchtete, danach würde er mir befehlen, Menschen zu töten.

Lu hat mir geholfen.

Ich verstehe ...

Dann war jener Brief von dir ...

Es war ein glücklicher Zufall, dass ihr in der Stadt aufgetaucht seid.

Dank euch ...

So weit ...

... durfte es auf keinen Fall kommen.

... bin ich noch immer ein Mensch.

Wild zum Jagen gibt es genug.

Darin hab ich mittlerweile übung.

Ich habe vor, hierzubleiben und Lus Grab zu bewachen.

Ich möchte in diesem Wald ein zurückgezogenes Leben führen.

Glücklicherweise ...

KNIRSCH

... leben in diesem Wald keine Menschen.

... aus diesem Plan?

Oder wird etwa nichts ...

Aha ...

SCHEIN

SCHEIN

LEUCHT

STRAHL

LEUCHT

Puh.

Ich bin erleichtert ...

Lu freut sich bestimmt auch.

Sie ist so gerecht ...

... und so gütig.

Sag mir, wenn du etwas brauchst.

Ich komme morgen wieder.

Das kann ich nicht von dir verlangen!

Ich bringe es mit.

Ah ...

Oder ...

Doch ...

Ist gut...

Ich ...

... bringe welche mit.

Hier im Wald finde ich keine geeigneten.

Ich hätte gerne ein paar Blumen für Lus Grab.

Ich werde ...

Danke.

... ein wenig traurig sein.

Denn wahrscheinlich ...

... werde ich sie nie wiedersehen.

Senri.

STOPP

Ah
...

... aber was ist ein »König der Untoten«?

Vielleicht ist es nicht mehr wichtig ...

Weißt du das?

... einen »König der Untoten« zu erschaffen.

Horos Kamen hat davon gesprochen ...

Eine Sache noch!

Und ich habe ihn vernichtet.

Horos Kamen war ein Mensch.

Durch ein verbotenes Ritual verwandelt ein Nekromant sich selbst in eine besondere Art von Untoten.

... ist ein Nekromant 1. Klasse.

Der »König der Untoten« ...

Es
...

...
spielt keine Rolle mehr.

Nun
...

... aber es ist nicht gesagt, dass ihr das auch gelingt.

Senri will zwar ihre Leute überreden, mich laufen zu lassen ...

Ausgeschlossen, dass sie da mitmachen.

Der Ritterliche Orden des Untergangs versteht es als seinen göttlichen Auftrag, alle Wesen der Dunkelheit zur Strecke zu bringen.

Ich bin nur davongekommen, weil sie anders ist als die anderen.

Der ganze
Orden wird
kommen, um
mich zu töten.

Es
besteht
kein
Zweifel
...

Sie
werden
kommen,
um mich
zu töten.

Sie werden
kommen, um
mich Elenden
zu töten.

Erst recht jetzt, wo
ich ihre Prinzessin
beschwatzt habe,
um mit dem Leben
davonzukommen.

... weiterleben.

... will und
werde ...

Aber
ich ...

GREIF

Ich dachte, ich bin schlau und lasse jemand anderen die Drecksarbeit erledigen ...

Ich hätte es selbst tun müssen.

...

Seine Seele ...

Ist er als Geist zurückge-kehrt ...?

Mein Lord!

Sie sind noch am Leben?

Ich werde es tun.

FLÜSTER
Das ist das Schicksal, das mich zwingt, es selbst zu Ende zu bringen.

Also gut ...

In mich einge-pflanzt ...?

Habe ich etwa deshalb überlebt?

Dass du überlebt hast ...

" ist ein großer Glücks-fall.

Dies war notwendig, um das Ritu-al ausführen zu können.

... in dich einge-pflanzt.

Hm.

Das letzte Seelen-frag-ment habe ich ...

Ich hatte es zwar anders geplant ...

... aber es lässt sich nicht ändern ...

Auf dass der König der Untoten das Licht der Welt erblickt ...!

Wir beginnen ...

... sofort mit dem Ritual.

HE HE HE.

... ein Schatten meines alten Selbst.

... denn momentan bin ich nur noch ...

Im selben Moment, in dem mein Wunsch in Erfüllung geht ...

Und meine Seele ist der Schlüssel, es zu vollenden.

... wirst du zum König werden, der alles beherrscht, was zum Licht gehört.

GRINS

End ...

Dein Körper ...

... ist mein größtes Meisterwerk.

„jetzt nichts mehr an"haben.

„doch dir fehlt das nötige Wissen.

Physische Angriffe können mir „

Ein Untoter, der immun gegen physische Angriffe ist ...

... muss der Lord sich wohl verwandelt haben ...!

In das oder so was Ähnliches ...

Ein Dämonengeist

Ein körperloses Wesen ...

... das Menschen allein durch seine Geisteskraft Schaden zufügt.

GRAB

Hrm ...!

STAPF

STAPF

STAMPF

Du hast vor Angst wohl den Verstand verloren ...?

Nun gut ...

Was ich brauche, ist ein Behältnis, das außergewöhnlich gut mit der Aura des Todes kompatibel ist.

AAAAAAAAHH!

Ich bin ...

... der unbesiegbare »König der Untoten«.

Es war ein langer Weg ...

124

... wozu ich zu Lebzeiten in meinem bettlägerigen Zustand fähig geblieben war.

Ich bin gut darin, selbst zu denken ...

Und wenn schon!

Denn zu denken und schreckliche Kopfschmerzen auszuhalten ...

... war im- merhin das Einzige ...

Mir fehlte das nötige Wissen ...?

Das ist der Grund, wes- halb der Lord mir nicht mehr Informationen gegeben hat.

Es war nicht erfor- derlich ...

Und darin lässt er dann seine Seele einfahren.

... als talen- tiertes, wider- standsfähiges Behältnis.

Er braucht mich ...

Ich bin das »Be- hältnis«.

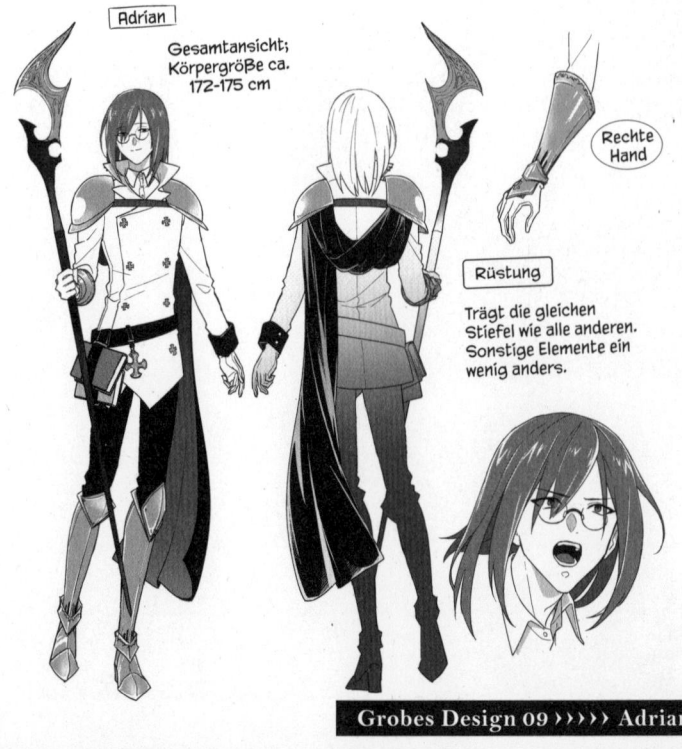

Adrian

Gesamtansicht;
Körpergröße ca.
172-175 cm

Rechte
Hand

Rüstung

Trägt die gleichen
Stiefel wie alle anderen.
Sonstige Elemente ein
wenig anders.

Grobes Design 09 〉〉〉〉〉 Adrian

SPLASH

Kapitel II

AHHHHHHHHHHHHH!
ARGH!
ARGH!
Haah.
DOMM
Hah.
Hah.
Hah.
POCH
POCH
Hah.
Hah.
POCH
POCH
POCH
POCH

POCH
POCH
POCH
POCH
Hah.
Urgh
...
Hah.
Haah.
Urgh!
POCH
Hrm
...
Haah
Hah.
Argh
...
KEUCH
Hah.
Haaa!
Hah.
KEUCH
Hah.
KEUCH
Urgh.
Hah.
Hrm.

BANG

Hrm ...!

Ich verstehe das alles nicht.

Ich muss mich übergeben.

Huh ...

Huh ...

Das Einzige, was ich weiß ...

BANG

BANG

Huh ...

Huh ...

Was war ...

... ist, dass ich nicht unkonzentriert sein darf ...

... das denn ...?!

... sonst wird das mein Ende sein.

Huh ...

Wa-rum

Du Narr!

... noch würdiger zu sein.

... um dem König der Untoten ...

ARRRRGH

Es macht mich stär-ker ...

... und böser ...

... sie nicht von mir Besitz ergreifen lassen.

Ich darf ...

Urgh.

Urgh.

... sind nicht meine.

... und infor-matio-nen ...

Diese Erinne-rungs-fetzen ...

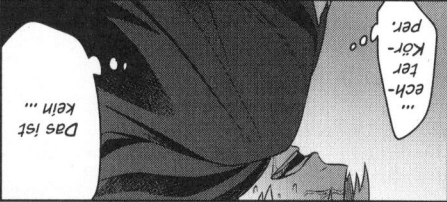

Unglaub-
lich...!

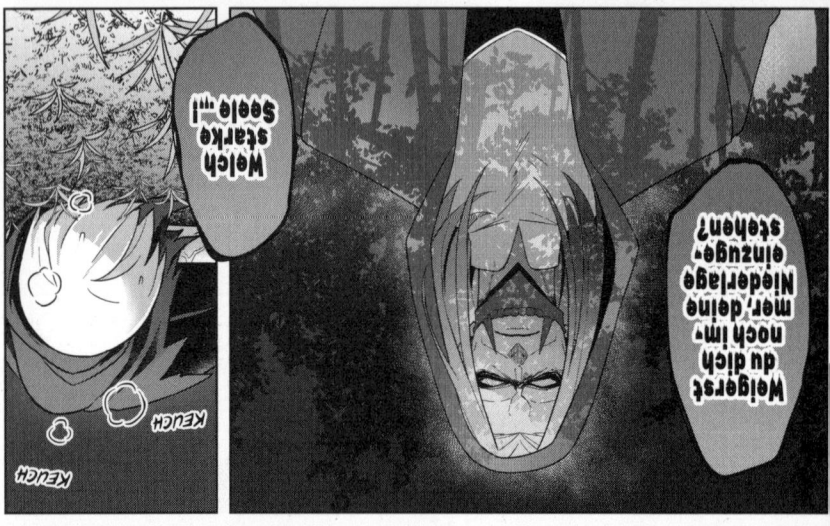

Welch
starke
Seele...!

KEUCH

KEUCH

Weigerst
du dich
noch im-
mer, deine
Niederlage
einzuge-
stehen?

DOMM

Hmm
...!!

HAN...!!

ARGH...!!

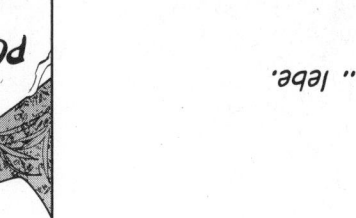

... lebe.

Ich ...

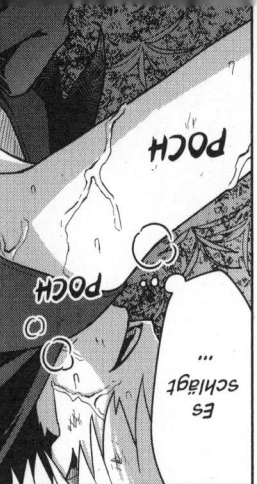

... Mein Herz ...

POCH

POCH

POCH

POCH

POCH

... Es schlägt ...

POCH

POCH POCH POCH

WOOSH

... nur ein vorübergehender Zustand ...

Es ist vorbei!

Dein Körper ...

... gehört mir!

Als das Behältnis des Königs der Untoten ...

... wirst du bis in alle Ewigkeit weiterleben!!

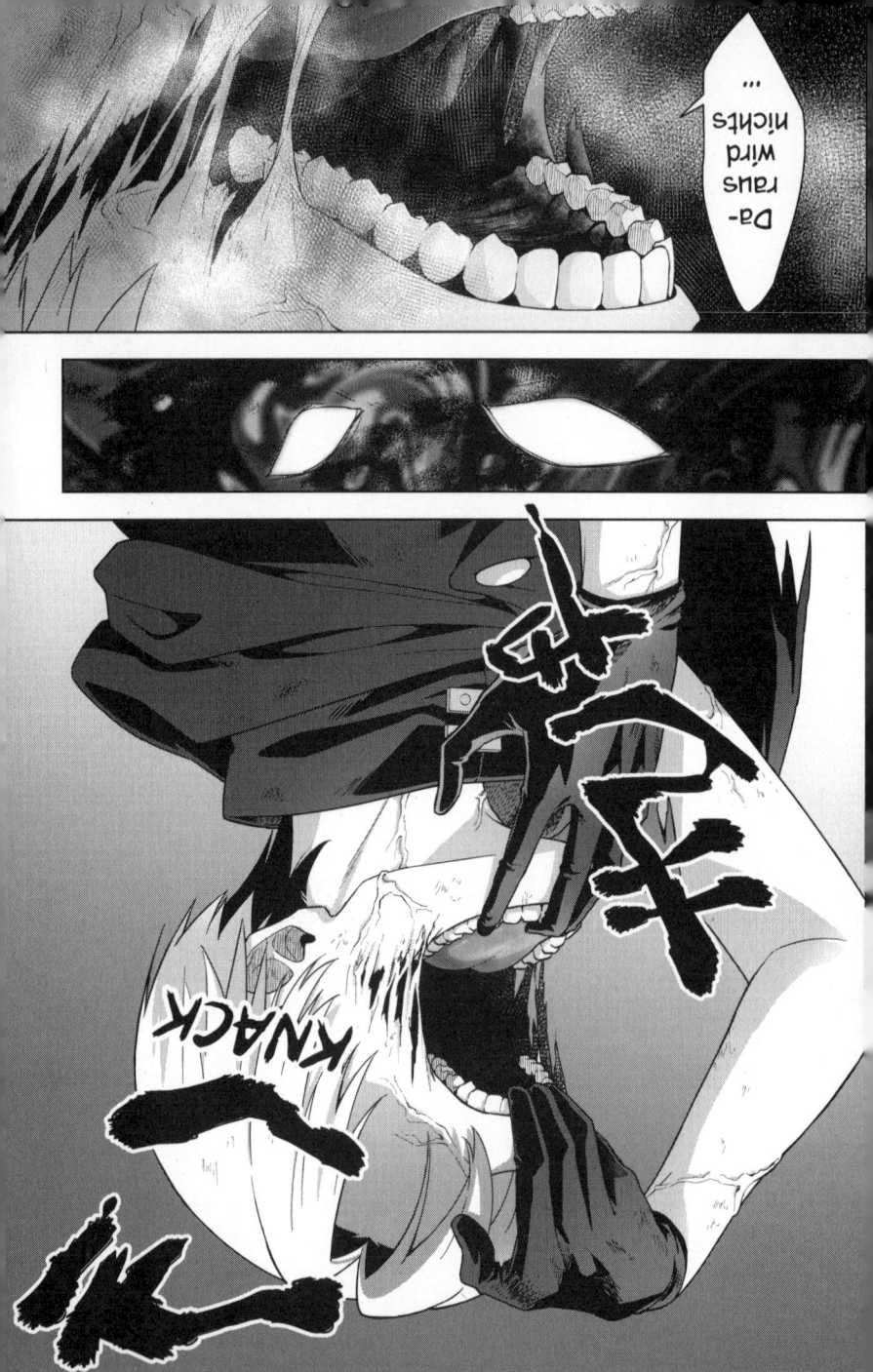

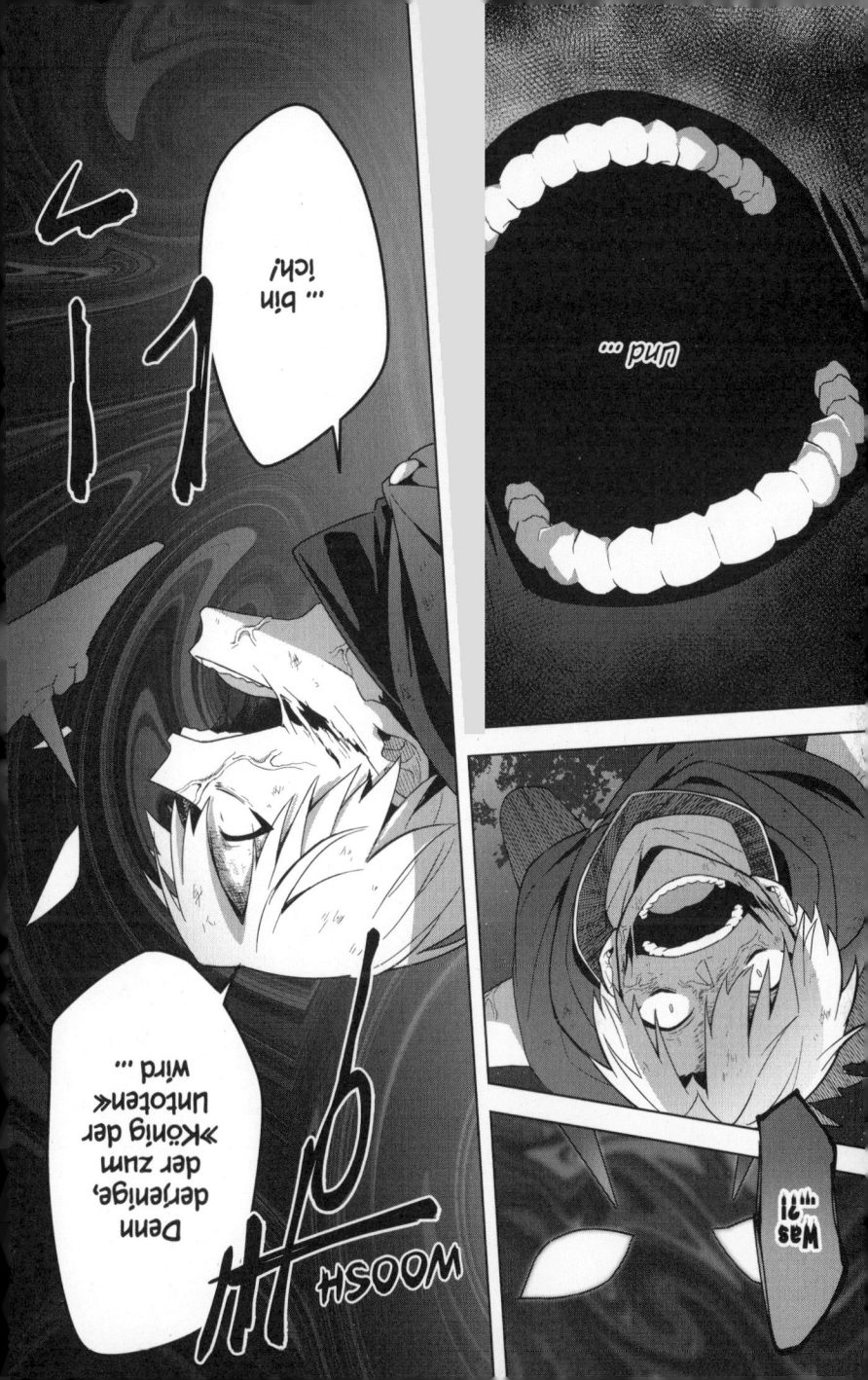

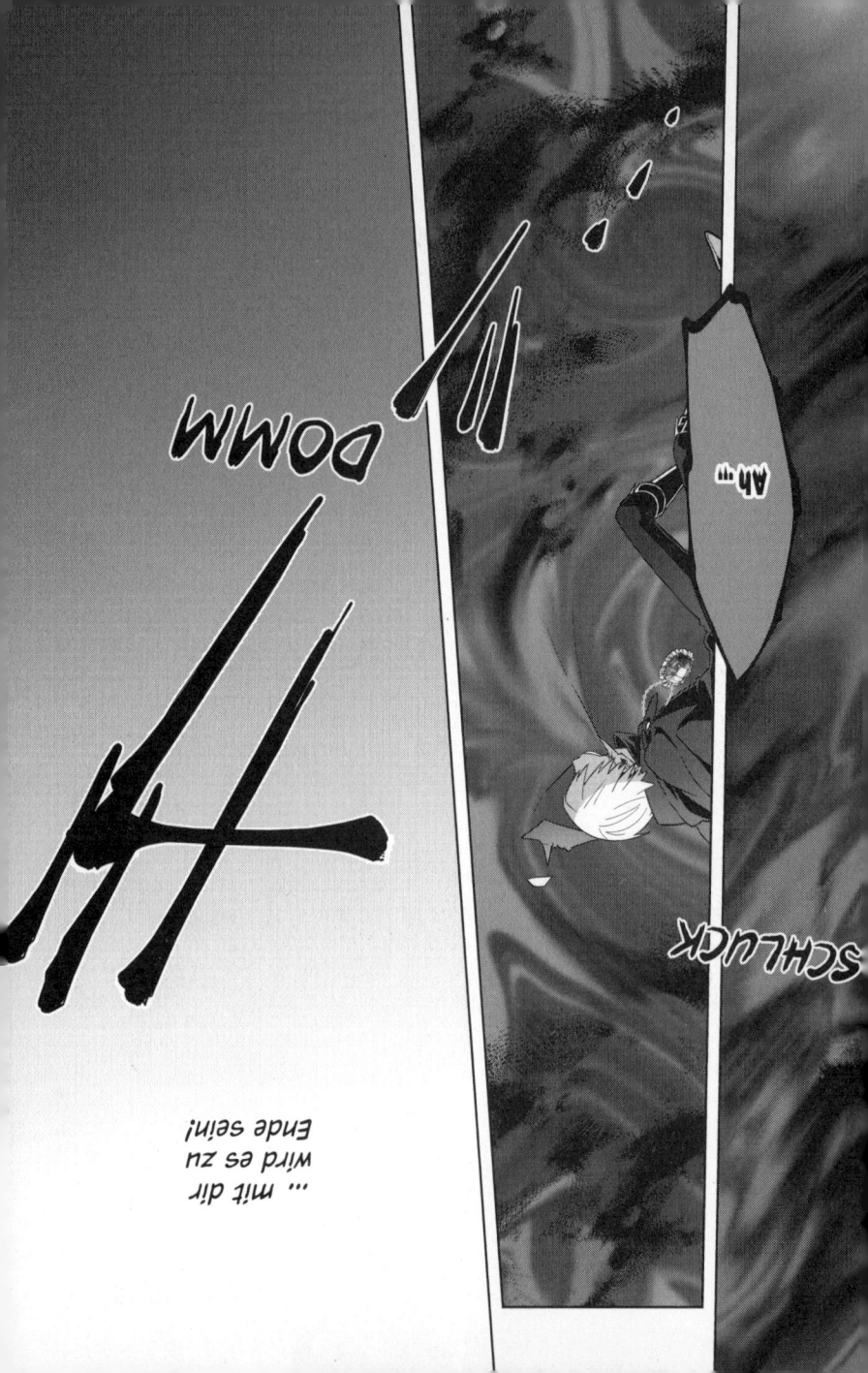

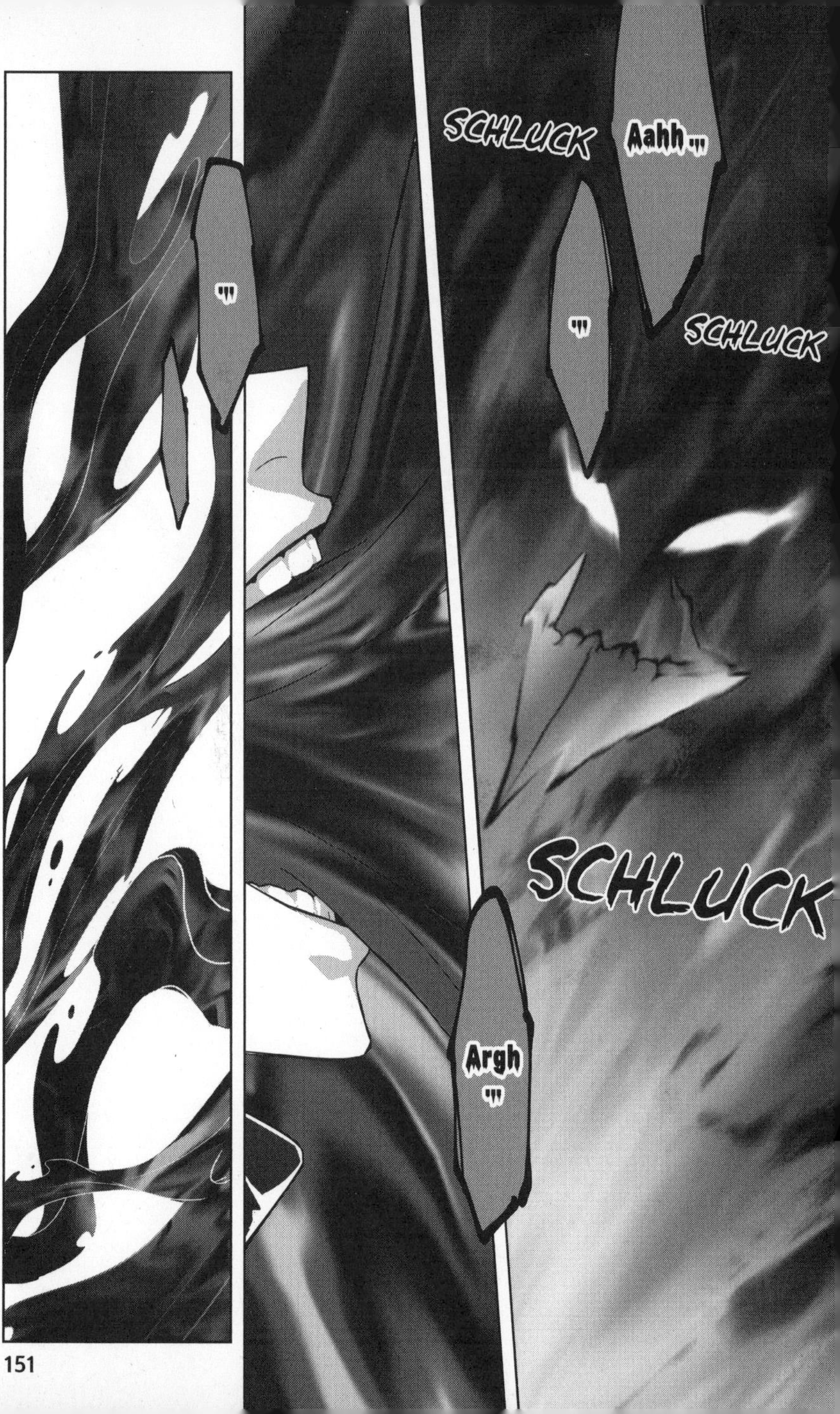
Aahh ...
SCHLUCK
...
SCHLUCK
...
SCHLUCK
Argh ...

... ausgehend von der Tatsache, dass meine Haut nicht dunkler geworden ist ...

Aber ...

Etwas ist definitiv anders. Das spüre ich.

... kann ich mich nicht in einen »Dark Stalker« verwandelt haben, der eigentlich die nächste Stufe wäre.

Vermutlich ...

... habe ich den nächsten Rang erreicht.

Mein momentan dringendstes Problem ...

Seufz.

Urgh.

... ist mein Energielevel. Ich bin völlig ausgelaugt.

Um die Details kann ich mich später kümmern.

Die Sonne geht auf ...

Das auch noch ...

Wie es aussieht, habe ich nun eine Schwachstelle mehr.

BLICK

... daran ...

Aber ...

Die Sonne könnte mir den Todesstoß versetzen.

Ich muss irgendwie versuchen, aus diesem Wald rauszukommen ...

... der vor verwunschenen Bestien nur so wimmelt ... und mich verstecken, bevor die Sonne ganz aufgegangen ist.

Ah ...

... spüre ich auch, dass ich lebe.

Gefährlich oder nicht ...

Ich muss zurück, um es zu holen ...

Verdammt!

Ich hab mein Hackbeil vergessen.

Und dann ...

... treten wir auf den Plan.

Senri ist zwar stark, aber sie ist zu naiv.

Auf den ersten Blick erscheint sie rational und entschlossen ...

Doch sie ist keine gute Lügnerin.

Und manchmal ... unterlaufen ihr deshalb solche »Fehler«.

Hah.

Hah.

Aber i...

Dass Monster Gräber schänden, weiß ich. Aber dass sie welche anlegen, ist mir neu.

Ich kann es zwar nicht glauben, aber du sollst auch ein Grab errichtet haben.

Ah.

Offenbar.

Das hat Senri uns auch erzählt.

Ich ...

... erinnere ...

... mich doch ...

... an mein früheres Leben ...

ZERR

Hrm ...!

Hab ich ...

... nicht recht?

... aber sie ist immerhin meine Vorgesetzte.

Ich kann nicht gerade sagen, dass ich diese sentimentale Ritterin 2. Ranges mag ...

Und das hat sie ziemlich tief verletzt!

Aber du hast Senris Schwäche ausgenutzt und sie mit deinem Geschwätz in die Irre geführt!

Sonst nichts!

Mehr verlang ich doch nicht!!

Ich will doch nur, dass ihr mich gehen lasst ...!

Senri steht unter dem Schutz eines mächtigen Segens und die Tatsache, dass du sie tief verletzen konntest ...

... beweist, welch unsagbares Ungeheuer du bist.

Mo-
mentan
magst
du unge-
fährlich
sein
...

... doch
irgendwann
wirst du
Menschen
töten.

Völlig aus-
geschlossen,
dass wir ein
Monster
entkommen
lassen.

!

FLAPP

Deswe-
gen ...

... konnten
wir seine
negative
Aura nicht
spüren.

Wenn du den
nicht gehabt
hättest, wärst
du uns damals
in der Stadt
nicht durch
die Lappen ge-
gangen ...!

Sicher
einer von
Horos
Kamens
Schätzen,
was?

BATSCH

PACK

Es bewirkt, dass deine Selbstheilungskräfte nicht mehr funktionieren.

Und nach und nach schüttet es den Abgrund in dir zu.

Sonnenlicht.

Weil sie so grausam ist, wenden wir sie normalerweise nur an, um ein Exempel zu statuieren ...

Wir bezeichnen dies als »Lichtstrafe«.

Auch die teuflischsten Untoten verfallen dabei schnell in schmerzhaftes Wehklagen.

... du endlich stirbst, wirst du ununterbrochen unsagbare Schmerzen erleiden.

Bis ...

... dass du von den Toten zurückkehren wolltest.

... dass du Senri betrogen hast ...

Sieh es als deine Strafe dafür.

Du erhältst Zeit, um zu bereuen ...

Dieses Mal dient sie dazu, dir mehr Zeit zum Nachdenken über deine Taten zu verschaffen.

Rüstung

Trägt die gleichen
Stiefel wie alle anderen.
Sonstige Elemente ein
wenig anders.

Nevila

Gesamtansicht;
Körpergröße ca.
180 cm

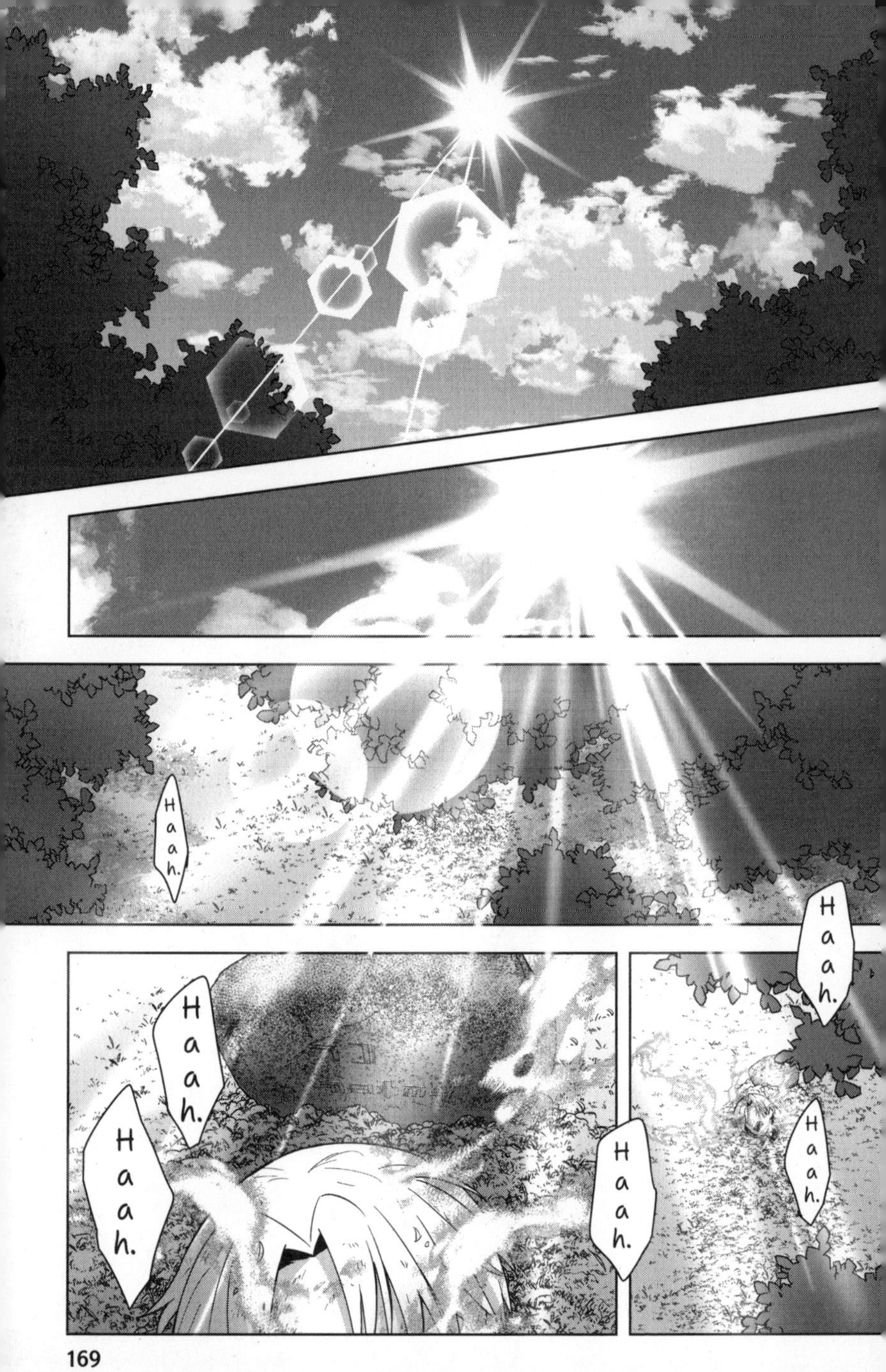

ZUCK

Die Ritter
des Or-
dens ...

Nein
...!

... haben diese
Todesart zur
schmerzhaf-
testen für Un-
tote erkoren.

Ich
muss
durch-
halten
...!

ZISCH

Warum?

Agh
...!!

Schrei
nicht
...!

Ich muss
so viel Kraft
sparen wie
möglich ...!

Es war
keine un-
durchdachte
Nachlässig-
keit ...

... die sie
dazu be-
wogen hat,
mich so
zurückzu-
lassen.

... das Gefühl
der Machtlo-
sigkeit ...

... die Un-
gewissheit,
wann diese
Strafe durch
das Sonnen-
licht ihr Ende
findet ...

Dieser
überwäl-
tigende
Schmerz ...

... das Ge-
räusch der
Fußstapfen,
die den Tod
ankündigen.

Sie
wissen
...

Letztes Kapitel

Tut mir leid.

Ich hab nur noch meinen Kopf.

Mach dich nicht lächerlich!

Ah.

Bist du ...

... etwa gekommen, um Besitz von meinem Körper zu ergreifen?

Du lebst ...

... noch immer?

!

Wirklich ziemlich penetrant.

Ein mickriger ...

Pff.

... Schatten eines Schattens sogar, oder?

Und ich bin nur noch ein mickriger Schatten meines Selbst.

Außerdem bist du erledigt.

Solche Macht besitze ich nicht mehr.

... bin ich noch nicht tot? Ich hab doch kein Herz mehr ...

Als ob das was geändert hätte!

Und das ist doch die Schwachstelle eines Vampirs, oder nicht?

Warum ...

Hättest du mir deinen Körper überlassen ''

Du wirst sterben.

End ''

... wäre das nie passiert.

175

Hah

Hah

Hah

Hah

Wie schön ...!

... ist ein zweites Wunder.

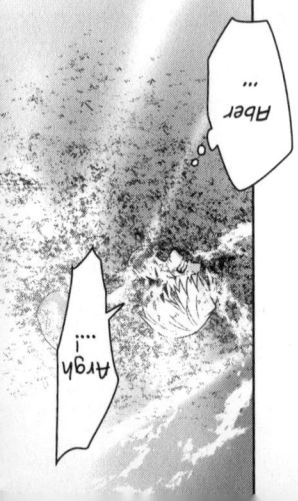

Argh ...!

Aber ...

... es gibt keine Überlebens-chance.

Und einen Plan hab ich auch nicht.

Was ich brauche ...

Dasselbe
Sonnen-
licht ...

Früher
...

... liebte
ich den
Morgen.

... mich von
dieser Welt
zu fegen.

... versucht
nun ...

Ich will
nicht ...

... sterben.

FLAPP

REIB

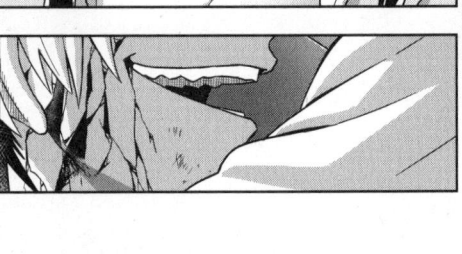

... hätten
mich direkt
vernichten
sollen.

Nevila
und die an-
deren ...

Des-
halb ...

... werden sie jetzt verlieren ...

Sie hätten mich mit Haut und Haar ver- nichten sollen.

Sie hätten ihrem Zorn freien Lauf lassen und mir nicht diese Strafe zuteilen sollen.

Sie hätten mir keine Zeit für Reuegefühle einräumen sollen.

Hm
...

Es ist doch nur ein Monster.

Also wirklich! Ich weiß nicht, was in sie gefahren ist!

Vielleicht steht sie noch immer unter seinem Einfluss.

Ist ...

In der Zwischenzeit habe ich euch losgeschickt, um ihn zu ergreifen ...

Es war glatt gelogen, als ich sagte, ich würde ihn laufen lassen und sie könne mir die Angelegenheit überlassen.

... Senri noch nicht ...

... zurück?

Es tut mir zwar leid, dass ich sie angelogen habe, aber ich bereue es nicht.

Dies ist ...

... eine Lektion, die Senri irgendwann lernen musste.

Sie ist klug.

Wenn ich mit ihr rede, wird sie es verstehen.

Sie braucht jetzt nur etwas Zeit, um ihre Gefühle zu ordnen.

Da stimme ich zu ...

Kann es wirklich sein, dass jemand, der stirbt und als Untoter zurückkehrt, die Erinnerungen an sein früheres Leben behalten kann ...?

Aber Meister!

Ich weiß, dass Vampire Einfluss und Macht über diejenigen ausüben, deren Blut sie trinken ...

... doch dieser Untote hatte seine Instinkte unter Kontrolle.

Er hat nicht versucht, uns anzugreifen.

...

Nevila hat recht.

Sie müssen vernichtet werden.

Ja, weil Thelma gleich zu Beginn sein Bein durchbohrt hat. Deshalb hat er uns nicht angegriffen.

Das beweist gar nichts!

Du hast es doch selbst miterlebt! Es hat keinen Sinn, mit denen zu diskutieren!

Tse.

Natürlich gibt es die.

Untote, die sich an ihr früheres Leben erinnern.

Doch ...

Lediglich Ritter des 1. Ranges wissen davon.

... dies ist unter den Rittern des Ordens ein gut behütetes Geheimnis.

Mein Standpunkt war stets, die Lichtstrafe nur dann einzusetzen ...

... wenn es strategisch sinnvoll ist.

Das ist ein Makel in deinem Herzen.

... sondern stattdessen seine Seele befreien sollen, ohne ihn nur einen Moment länger als nötig leiden zu lassen.

Nevila ...

... du hättest ...

... ihn nicht der Lichtstrafe unterziehen sollen ...

Aber ...

Die Lichtstrafe ist sicher ...

... sicherzustellen, dass er vernichtet wird.

Ich hatte angeordnet ...

Hrm ...

Wenn es daran irgendwelche Zweifel gäbe, hätte ich die Lichtstrafe nicht angewendet.

Er ist dem Tode geweiht und Helfer hat er auch nicht.

Da sind wir uns doch einig, Meister ?!

Ein Niederer Vampir, der nur noch aus seinem Kopf besteht, ist erledigt.

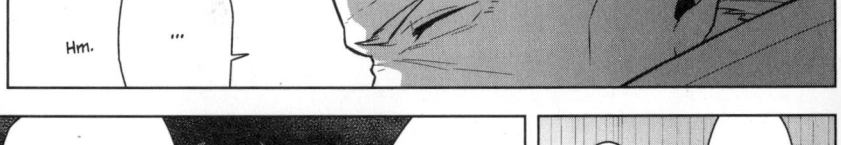

Hm. ...

Außer Horos Kamen gibt es noch genügend andere Feinde, die wir zur Strecke bringen müssen.

Wir können nicht ewig in dieser Stadt verweilen.

Also, Nevila!

Nun gut ...

Du solltest dich langsam auf den Weg machen und Senri suchen.

Ich weiß nicht mal, ob sie überhaupt mit mir zurückkommen würde ...

Aber sie ist ein Sturkopf ...

Pff.

SAUS

Ich ...

TAPP

... war schon zu Lebzeiten ein Fan von Euch.

Krieg ich ein Auto- gramm?

Das werden sie mir nie verzeihen.

Schlimmer noch ... Ich habe mich entschlossen, den Ritterlichen Orden des Untergangs zu verlassen und mich ihm anzuschließen- Ben ...

Ich habe einem Niederen Vampir mein Blut gegeben, um ihn vor seiner Auslöschung zu bewahren.

FLAPP

Ich ...

... bin so naiv.

... und die als Mensch wieder- gekehrt sind.

... dass es bedau- ernswerte Untote gibt, die sich an ihr früheres Leben erinnern ...

Aber ...

... ich habe nun einmal davon er- fahren ...

Ich glaube, mir ist be- wusst gewor- den, weshalb ich mich so entschieden habe ...

... der Meister weiß, dass sie existie- ren.

Ich bin sicher ...

... lag die Sehnsucht nach Erlö- sung.

In diesen Augen ...

End ...

Ein kleiner, verängstig- ter Junge, der einfach nur Mensch sein wollte.

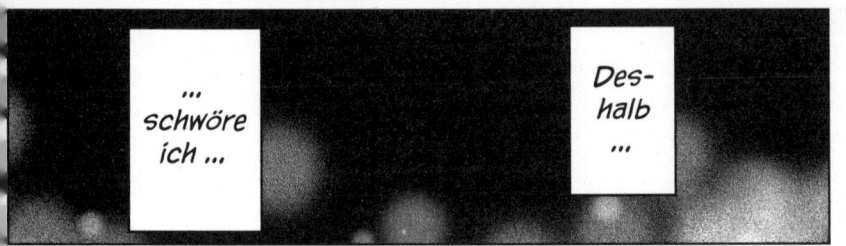

... schwöre ich ...

Des-halb ...

... werde ich ihn töten.

Sollte End irgendwann von seinen Instinkten als Untoter überwältigt werden und Menschen angreifen ...

Es ist meine Pflicht.

... Verantwortung habe ich zu tragen, nachdem ich mir dieses Urteil über ihn, das einer Ritterin des Ordens ganz und gar unwürdig ist, erlaubt habe.

Diese ...

RASCHEL

... Des-
halb ...

Ich bin
zum Feind
der Welt ...

Ich bin
schon
längst ...

... ein
Wesen
das keine
Lebensbe-
rechtigung
mehr hab.

... zum
König der
Untoten
geworden.

... das
macht
nichts.

Aber ...

... und ihre
Gutmütigkeit
ausgenutzt.

... ihre
Aufrichtig-
keit ...

Ich
habe Senris
Mitgefühl ...

... ein
verkom-
mener
Kerl.

Ich
bin ...

Gutmütigkeit.

Mitgefühl.

Zorn.

Freude.

... werde ich sämtliche Mittel einsetzen ...

... und alles und jeden opfern.

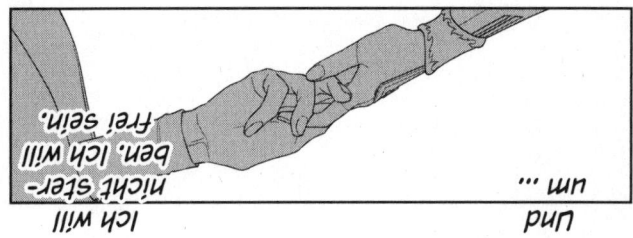

... das furchtbars-
te Monster
sein ...

... dieses Ziel
zu erreichen,
werde ich ...

... das
die Welt
je gesehen
hat.

Ende.

DER KÖNIG DER UNTOTEN im DUNKLEN PALAST

Epe

Gesamtansicht;
Körpergröße ca.
190 cm

Rüstung

Trägt die gleichen
Stiefel wie alle
anderen. Sonstige
Elemente ein wenig
anders.

Nachwort

Hallo! Mein Name ist Karasaki. Vielen Dank, dass ihr auch zum zweiten Band von »Der König der Untoten des Dunklen Palasts« gegriffen habt.

Leider werde ich nicht mehr an einer Manga-Fortsetzung der Geschichte von End weiterarbeiten. Dennoch hatte ich viel Freude daran, diese Welt zu entwerfen, und bin für die Gelegenheit dankbar.

Die Geschichte geht aber spannend weiter. Denjenigen, die Freude und Interesse an diesem Manga hatten, empfehle ich, die Romanvorlage zu lesen. Immer wenn ein neues Kapitel veröffentlicht wird, unterbreche ich meine Arbeit und nehme mir Zeit, es zu lesen. (Lächel)

Zu guter Letzt möchte ich Tsukikage-sensei* für die großartige Original-vorlage danken. Danke auch an Merontomari-sensei, der die wundervol-len Designs der Charaktere gezeichnet hat. Vielen Dank an den Gesamt-verantwortlichen M-sama**, der immer ein Ohr für mich hatte, an meine Freunde und Familie, und an all meine Leserinnen und Leser!

Wirklich herzlichen Dank!

Ich würde mich freuen, euch beim nächsten Projekt wiederzusehen.

Ein Entwurf, den ich eigentlich an Halloween auf Twitter posten wollte.

*Anrede für Künstler*innen, Lehrkräfte und medizinisches Personal
**sehr höfliche, geschlechtsunabhängige Anrede

TOKYOPOP GmbH
Hamburg

TOKYOPOP
1. Auflage, 2023
Deutsche Ausgabe/German Edition
© TOKYOPOP GmbH, Hamburg 2023
Aus dem Japanischen von Noreen Adolf

KURAKI KYUDEN NO SHISHA NO OU Vol.2
©Karasaki 2021 ©Tsukikage,Merontomari 2021
First published in Japan in 2021
by KADOKAWA CORPORATION, Tokyo.
German translation rights arranged
with KADOKAWA CORPORATION, Tokyo,
through TUTTLE-MORI AGENCY, INC., Tokyo.

Redaktion: Madlen Beret
Lettering: Vibrant Publishing Studio
Herstellung: Rita Geers, Nils Bornemann
Druck und buchbinderische Verarbeitung:
CPI – Clausen & Bosse GmbH, Leck
Printed in Germany

Wir achten auf die Umwelt.
Dieses Produkt besteht aus FSC®-zertifizierten
und anderen kontrollierten Materialien.

ISBN 978-3-8420-8435-3